208

CHANTRE DE PAPHOS,

RECUEIL

DE ROMANCES LES PLUS JOLIES ET LES
PLUS NOUVELLES.

Toulouse,

IMPRIMERIE DE J.-M. CORNE.

1832.

Y

LE CHANTRE

DE PAPHOS.

LE CHANTRE

DE PAPHOS,

RECUEIL

DE ROMANCES LES PLUS JOLIES ET LES PLUS
NOUVELLES.

TOULOUSE,

IMPRIMERIE DE J.-M. CORNE, RUE PARGAMINIÈRES,
N.° 84.

1832.

LE CHANTRE
DE PAPHOS.

TYROLIENNE

DE LA FIANCÉE.

MONTAGNARDS ou bergers ,
Votre sort peut changer ;
Comme moi , dans la garde
 Il faut vous engager :
 Quel état fortuné
 Vous sera destiné !
 Vous aurez la cocarde
 Et l'habit galonné.
Oh ! non vraiment , m'engager ,
Je crains trop le danger ;
Mieux vaut encore vivre ,
Et n'être que berger.
Dans mon hameau restons sans cesse ,
Son aspect fait battre mon cœur ;
C'est là qu'est ma maîtresse ,
C'est là qu'est le bonheur.

Dans le champ de l'honneur
    Brillera ta valeur ;
Là , pour que l'on parvienne ,
    Il ne faut que du cœur.
    L'on obtient le chevron ,
    Et de simple dragon ,
    On devient capitaine
    Au doux son du canon.
Mais j'aime peu le fracas ;
Le canon peut , hélas !
Vous prendre en traître ,
Adieu jambes et bras.
Dans mon hameau restons sans cesse ,
Son aspect fait battre mon cœur ;
C'est là qu'est ma maîtresse ,
C'est là qu'est le bonheur.

    Un soldat franc luron ,
Sans regrets , sans façon ,
Est toujours sûr de plaire
    Dans chaque garnison ;
    De séjour en séjour ,
    Et d'amour en amour ,

Toujours un militaire
Est payé de retour.
Mais dès qu'il part pour les camps ,
Gare les accidens ;
Un autre prend sa place ,
Et malheur aux absens !
Dans mon hameau restons sans cesse ,
C'est bien plus sûr et moins trompeur ;
C'est là qu'est ma maîtresse ,
C'est là qu'est le bonheur.

LA MUETTE DE PORTICI.

BARCAROLLE.

Amis , la matinée est belle ,
Sur le rivage assemblez-vous ;
Montez gaîment votre nacelle ,
Et des vents bravez le courroux.
Conduis ta barque avec prudence ,
    Pêcheur , parle bas ;
Jette tes filets en silence ,
    Pêcheur , parle bas ,
Le roi des mers ne t'échappera pas. *bis.*

L'heure viendra , sachons l'attendre ,
Plus tard nous saurons la saisir ;
Le courage fait entreprendre ,
Mais l'adresse fait réussir.

Conduis , etc.

Pêcheur , sur la mer orageuse
Brave la mort , va ne crains rien ;
Pour une action périlleuse ,
Vogue sans peur en vrai marin.

Conduis , etc.

Ne redoute pas la baleine ,
Le temps est calme , il faut partir ;
Tente une conquête certaine ,
Comme nos braves ne crains pas de mourir.
Conduis ta barque avec prudence ,
Pêcheur , parle bas ;
Jette tes filets en silence ,
Pêcheur , parle bas ,
Le roi des mers ne t'échappera pas. *bis.*

MA GONDOLE.

BARCAROLLE.

Je vais partir , je vois naître l'aurore ;
Vous que déjà j'ai passés si souvent
Dans ma gondole, ah ! bercez-vous encore ;
Heureux qui peut se bercer constamment !
　　　La , la , la , etc.

Loin de l'objet que votre cœur adore ,
Vous qui rêvez amour tendre et constant ,
Dans ma gondole, ah ! bercez-vous encore ;
Heureux qui peut se bercer constamment !

Braves guerriers que la patrie honore ,
Vous regardez les flots en soupirant....
Dans ma gondole, ah ! bercez-vous encore ;
Heureux qui peut se bercer constamment !

Jeunes enfans , à votre âge on ignore
Que dans le monde on est faux et méchant ;
Dans ma gondole, ah ! bercez-vous encore ;
Heureux qui peut se bercer constamment !

L'AMOUR A PASSÉ PAR LA.

CHANSONNETTE.

A peine échappée à l'enfance,
Elvire n'a pas quatorze ans ;
La douce paix de l'innocence
Conserve le calme à ses sens.
Propos galans , aveu bien tendre ,
Elle n'entend rien à cela ;
Mais patience , il faut attendre
Que l'amour ait passé par là.

Chaque jour à cet heureux âge ,
Ajoute une grâce de plus ;
Pourtant sur son joli visage
La gaîté ne se montre plus.
Son sein au moindre bruit s'agite ,
Son jeune front rougit déjà ;
Crois-moi , l'amour , pauvre petite ,
Aura bientôt passé par là.

Mais dans les yeux brillans d'Elvire ,

D'où vient cette triste langueur ?
Tout bas je l'entends qui soupire,
Le repos a fui de son cœur.
Un rien la trouble et la chagrine ;
Pauvre enfant, comme la voilà !
Hélas ! aisément on devine
Que l'amour a passé par là.

LE LÉGER BATEAU.

On m'avait dit sur un autre rivage :
Dans les cités va chercher le bonheur ;
Dans les cités rien n'a séduit mon cœur,
Et je reviens dans mon pauvre village.
   Rendez-moi mon léger bateau,
    L'azur du lac paisible
    Et ma rame flexible ;
Rendez-moi mon léger bateau,
Et ma chaumière au bord de l'eau. *bis.*

Sous ces lambris où la pourpre étincelle,
Je n'avais plus ma douce liberté ;
De noirs soucis ombrageaient ma gaîté,

J'avais perdu tout bonheur avec elle.

    Rendez-moi , etc.

Je veux revoir ces jeux sur la fougère ,
Qu'un triste ennui ne refroidit jamais ;
Je veux revoir ce ciel pur que j'aimais ,
Je veux m'asseoir au foyer de mon père.

    Rendez-moi , etc.

ROMANCE.

La belle qui m'est chère ,
D'un air triste et rêveur ,
Me disait : Sur la terre
Où donc est le bonheur ?
D'un amour le plus tendre
Ton cœur peut s'enflammer ;
Je pourrais te l'apprendre ,
Mais il faudrait m'aimer.

Au même nid fidèles ,
Pendant tout un printemps ,
Je vois deux tourterelles
Unir leurs doux accens.

Sans ennuis , sans caprices ,
Très-long-temps se charmer ;
Je pourrais te l'apprendre ,
Mais il faudrait m'aimer.

Clémence , ton sourire
Serait plus enchanteur ;
Ta voix que l'on admire
Aurait plus de douceur :
Dans ta noire prunelle ,
On verrait s'allumer
Une flamme nouvelle ,
Mais il faudrait m'aimer.

QUE LE DIABLE EMPORTÉ L'AMOUR.

RONDE NOUVELLE.

Que le diable emporte l'amour ,
Telle était la noble devise
Que portait le cachet de Lise ,
Que je veux célébrer à mon tour.
Jadis avec la jeune fille   *bis.*
Dont la devise est si gentille ,
Que le diable emporte l'amour.   *bis.*

Que le diable emporte l'amour,
Qui vient nous causer des alarmes.
Si parfois il a bien des charmes,
La peine succède à son tour.
A-t-on une femme jolie ?
Bientôt on voit sa perfidie ;
Que le diable emporte l'amour.

Que le diable emporte l'amour,
Avec raison s'écriait Lise,
Lorsque sa main était promise,
Et qu'elle est trahie à son tour.
Lorsque j'aimais ma Virginie,
Que pour de l'or elle m'oublie,
Que le diable emporte l'amour.

Que le diable emporte l'amour.
La devise est plus favorable ;
Mes chers amis, qu'en cette table
Nous trinquions jusqu'au point du jour.
D'aimer ne faisons la folie,
Et chantons avec harmonie,
Que le diable emporte l'amour.

CHANT BACHIQUE.

Air *du Pèlerin.*

Amis, à la table
Soyons tous unis ;
Le vin délectable
Charme nos ennuis ;
Le jus de la tonne
Egaie nos cœurs.
Bacchus et Pomone
Sont nos débiteurs.
Il faut boire , toujours boire ,
Le bon vin bannit le chagrin.

Que l'amour accoure
Au bruit de nos chants ;
Vénus et sa cour
Dictent ses accens.
La vertu aride
Ne nous convient pas ;

Une beauté libre
Charme nos repas !
Il faut boire, etc.

Si quelqu'un d'impur,
Tenté des démons,
Contre nous murmure,
Et que nos chansons
Attirent leur haine,
Sans perdre d'instans,
Lançons l'anathème
Contre ces méchans :
Il faut boire, etc.

Le Dieu des mortels,
Lorsqu'il nous créa,
Nous donna les belles,
Et nous ordonna
De vivre en bons frères,
Et sans négliger
D'imiter nos pères,
Nous pouvons chanter :
Il faut boire, etc.

A ma dernière heure
Chacun me suivra ;
Que l'on chante en chœur
Où mon corps ira.
Autour de ma tombe
Que l'on danse en ronde ;
Puisque tout succombe,
Les amis diront :
Il faut boire, toujours boire,
Le bon vin bannit le chagrin.

LAISSEZ-MOI LE PLEURER, MA MÈRE.

Tout était vrai dans son langage,
Ma mère, plaignez votre erreur ;
Vous disiez : Il est faux, volage ;
Mais moi, je connais mieux son cœur.
Las ! aujourd'hui sous cette pierre,
Tu reposes, pauvre Lycas ;
Laissez-moi le pleurer, ma mère,
Ma gloire n'en souffrira pas.

Vous avez préféré, ma mère,

Vaine richesse à ses vertus ;
Mon avenir était prospère ;
Mais aujourd'hui je n'en ai plus.
Non, plus d'hymen, car cette pierre
Renferme et mon cœur et Lycas ;
Laissez-moi le pleurer, ma mère,
Ma gloire n'en souffrira pas.

Si vous aviez voulu l'entendre,
Nous serions heureux aujourd'hui ;
Lycas serait un fils si tendre !
Je vivrais pour vous et pour lui.
Bien plus que moi, sous cette pierre,
Vous devez regretter Lycas ;
Laissez-moi le pleurer, ma mère,
Ma gloire n'en souffrira pas.

LA NEIGE.

ROMANCE NOUVELLE.

Vois-tu la neige qui brille
Là haut sur ces monts sourcilleux ?

C'est là qu'Edmon, avec sa fille,
Vivait ignorant les heureux.
Quittez ces riantes campagnes,
Cherchez un plus obscur séjour ;
Fuyez le sommet des montagnes,
Partout vous trouverez l'amour.

Poursuivant le chamois agile ,
Par hasard , un jeune chasseur,
A peine entré dans cet asile ,
Adieu plaisir, adieu bonheur.
     Quittez , etc.

Le cœur d'Irma s'est laissé prendre
Plus vîte , hélas ! que le chamois.
Il me délaisse , toujours tendre ,
Pour aller chasser dans les bois.
     Quittez , etc.

GARDE A VOUS.

Garde à vous , garde à vous ,
Avançons en silence ;

Surtout de la prudence,
Sur mes pas marchez tous :
Garde à vous, garde à vous,
Veillons d'un pas docile
Au repos de la ville ;
Et vous, adroits filous,
    Nous voici,
Garde à vous, garde à vous,   *bis.*
    Garde à vous.

Garde à vous, garde à vous,
Bourgeois, gens de boutique,
Qui mettez par rubrique,
A minuit les verroux,
Garde à vous, garde à vous.
Le devoir nous commande
De vous mettre à l'amende
Si vous ne filez doux ;
Nous voici, garde à vous.   3 *fois.*

Garde à vous, garde à vous,
Tapageurs en ribotte
Qui roulez dans la crotte,

Et faites les cent coups ;
Garde à vous, garde à vous.
Mari, digne de blâme,
Qui battez votre femme
Pour des soupçons jaloux,
Nous voici, garde à vous.   3 *fois.*

Garde à vous, garde à vous,
Séducteurs qui, sans crainte,
Là nuit portez atteinte
Au repos des époux ;
Garde à vous, garde à vous.
Et vous, jeune fillette,
Qui le soir en cachette
Donnez des rendez-vous,
Nous voici, garde à vous.   3 *fois.*

L'ANGE GARDIEN.

ROMANCE.

Esprit divin, être sensible,
Qui toujours veilles près de moi,

Et dont la présence invisible
Du malheur adoucit la loi,
Pour me conduire à la sagesse,
Sois mon guide, sois mon soutien.
O mon bon Ange Gardien,
Voici les vœux que je t'adresse,
    Ecoute bien.

Que l'amitié, fidèle et tendre
Sous tes ailes trouve un abri,
Et toujours prêt à la défendre,
Promets qu'amour s'y cache aussi;
Charme et tourment de notre vie,
Sans lui tout le reste n'est rien.
O mon bon Ange Gardien,
De n'avoir plus constante amie,
    Garde-moi bien.

Des attraits de la renommée
Pour jamais garantis mon cœur :
La gloire s'exhale en fumée,
Elle n'a qu'un éclat trompeur.
Pour mon repos, que l'on m'oublie;

Vivre ignoré, c'est le vrai bien.
Mais, ô mon Ange Gardien,
D'être oublié de mon amie,
    Garde-moi bien.

Ne souffre pas que la fortune
Me trouve au rang de ses flatteurs,
Et qu'avec la foule importune,
J'aille mendier ses faveurs.
L'opulence que l'on envie
Pour le sage n'est qu'un lien.
O mon bon Ange Gardien,
Tout mon trésor, c'est mon amie,
    Garde-le bien.

LE PETIT HOMME GRIS.

Air : *Toto, Carabo.*

Il est un petit homme
Tout habillé de gris,
    Dans Paris,
Joufflu comme une pomme,

Qui , sans un sou comptant,
   Vit content ,
Et dit : Moi, je m'en....
Et dit : Moi , je m'en....
Ma foi, moi, je m'en ris!
Oh ! qu'il est gai (*bis*) le petit homme gris!

A courir les fillettes ,
A boire sans compter,
   A chanter ,
Il s'est couvert de dettes ;
Mais quant aux créanciers ,
   Aux huissiers ,
Il dit : Moi, je m'en....
Il dit : Moi , je m'en....
Ma foi, moi, je m'en ris!
Oh ! qu'il est gai (*bis*) le petit homme gris!

Qu'il pleuve dans sa chambre ,
Qu'il s'y couche le soir
   Sans y voir ;
Qu'il lui faille en Décembre
Souffler , faute de bois,

Dans ses doigts,
Il dit : Moi, je m'en....
Il dit : Moi, je m'en....
Ma foi, moi, je m'en ris !
Oh! qu'il est gai (*bis*) le petit homme gris !

Sa femme, assez gentille,
Fait payer ses atours
    Aux amours;
Aussi plus elle brille,
Plus on le montre au doigt;
    Il le voit,
Et dit : Moi, je m'en....
Et dit : Moi, je m'en....
Ma foi, moi, je m'en ris !
Oh! qu'il est gai (*bis*) le petit homme gris !

Quand la goutte l'accable
Sur un lit délabré,
    Le curé,
De la mort et du diable
Parle à ce moribond,
    Qui répond :

2

Ma foi, moi, je m'en....
Ma foi, moi, je m'en....,
Ma foi, moi, je m'en ris !
Oh ! qu'il est gai (*bis*) le petit homme gris !

LE SOIR.

Air connu.

En vain l'aurore
Qui se colore,
Annonce un jour
Fait pour l'amour ;
De ta pensée
Toute oppressée,
Pour te revoir,
J'attends le soir.

L'aurore, en fuite,
Laisse à sa suite
Un soleil pur,
Un ciel d'azur.
L'amour s'éveille ;

Pour lui je veille,
Et , pour te voir,
J'attends le soir.

Heures charmantes ,
Soyez moins lentes;
Avancez-vous ,
Momens si doux !
Une journée
Est une année ,
Quand pour te voir ,
J'attends le soir.

Un voile sombre
Ramène l'ombre;
Un doux repos
Suit les travaux :
Mon sein palpite....
Mon cœur s'agite....
Je vais te voir....
Voilà le soir !

ADIEUX A DES AMIS.

Air : *C'est un lunla , landerirette.*

D'ici faut-il que je parte,
Mes amis, quand loin de vous
Je ne puis voir sur la carte
D'asile pour moi plus doux ?
Même au sein de notre ivresse,
Dieu ! je crois être à demain :
Fouette , cocher ! dit la Sagesse ,
Et me voilà sur le chemin.

Malgré les sermons du sage ,
On pourrait, grâce aux plaisirs ,
Aux fatigues du voyage
Opposer d'heureux loisirs.
Mais une ardeur importune
En route met chaque humain :
Fouette , cocher ! dit la Fortune ,
Et nous voilà sur le chemin.

Ne va point voir ta maîtresse,
Ne va point au cabaret,

Me vient dire avec rudesse
Un médecin indiscret ;
Mais Lisette est si jolie !
Mais si doux est le bon vin !
Fouette, cocher ! dit la Folie,
Et me voilà sur le chemin.

Parmi vous bientôt, peut-être,
Je chanterai mon retour ;
Déjà je crois voir renaître
L'aurore d'un si beau jour.
L'Allégresse, que j'encense,
A mon paquet met la main :
Fouette, cocher ! dit l'Espérauce,
Et me voilà sur le chemin.

LA MUSIQUE.

Air : *La farira dondaine, gai.*

Purgeons nos desserts
Des chansons à boire ;
Vive les grands airs
Du Conservatoire !
Bon !

La farira dondaine ,

    Gai !

La farira dondé.

Tout est réchauffé

Aux dîners d'Agathe ;

Au lieu de café ,

Vîte une sonate.

    Bon !

La farira dondaine ,

    Gai !

La farira dondé.

L'opéra toujours

Fait bruit et merveilles ;

On y voit les sourds

Boucher leurs oreilles.

    Bon !

La farira dondaine ,

    Gai !

La farira dondé.

Acteurs très-profonds ,

Sujets de disputes ,

Messieurs les bouffons ;

Soufflez dans vos flûtes.

Bon !

La farira dondaine,

Gai !

La farira dondé.

Et vous gens de l'art,

Pour que je jouisse,

Quand c'est du Mozart,

Que l'on m'avertisse.

Bon !

La farira dondaine,

Gai !

La farira dondé.

Nature n'est rien ;

Mais on recommande

Goût italien,

Et grâce allemande.

Bon !

La farira dondaine,

Gai !

La farira dondé.

Si nous t'enterrons,

Bel art dramatique,

Pour toi nous dirons

La messe en musique.

Bon !

La farira dondaine,

Gai !

La farira dondé.

MES CHEVEUX.

Air : *Vaudeville de Décence.*

Mes bons amis, que je vous prêche à table,

Moi, l'apôtre de la gaîté.

Opposez tous au destin peu traitable,

Le repos de la liberté ;

A la grandeur, à la richesse,

Préférez les loisirs heureux :

C'est mon avis, moi de qui la sagesse

A fait tomber tous les cheveux.

Mes bons amis, voulez-vous dans la joie

Passer quelques instans sereins ?

Buvez un peu ; c'est dans le vin qu'on noie

L'ennui, l'humeur et les chagrins.

A longs flots puisez l'allégresse
Dans ces flacons d'un vin mousseux :
C'est mon avis, moi de qui la sagesse
A fait tomber tous les cheveux.

Mes bons amis, et bien boire et bien rire
N'est rien encor sans les amours.
Que la beauté vous charme et vous attire ;
Dans ses bras coulez tous vos jours.
Gloire, trésors, santé, jeunesse,
Sacrifiez tout à ses vœux :
C'est mon avis, moi de qui la sagesse
A fait tomber tous les cheveux.

Mes bons amis, du sort et de l'envie
On brave ainsi les traits cuisans.
En peu de jours usant toute la vie,
On en retranche les vieux ans.
Achetez la plus douce ivresse
Au prix d'un âge malheureux :
C'est mon avis, moi de qui la sagesse
A fait tomber tous les cheveux.

LE PAUVRE AVEUGLE.

O vous dont la richesse est grande !
Vous qui voyez l'éclat des cieux ,
Un peu de pain que Dieu vous rende ,
Si jamais vous perdez les yeux.
Le jour fuit , et dans l'aumônière
Depuis hier je n'ai plus rien !
Assistez, heureux de la terre ,
Le pauvre aveugle et son vieux chien !

Du bonheur j'ai connu l'ivresse ,
J'ai vu la clarté des beaux jours ;
Long-temps l'amitié, la tendresse ,
De ma vie ont charmé le cours.
J'ai perdu ces biens qu'on adore ;
Plus d'amours, plus d'amis, plus rien !
Mais le malheur unit encore
Le pauvre aveugle et son vieux chien.

Par un bienfait, aimable enfance ,
Doublez le prix de vos chansons;
Vous êtes riches d'espérance ,
Médor et moi nous vieillissons :

Ses yeux se troublent.... ma voix tremble....
Encore un sou.... demain plus rien !
Demain verra finir ensemble
Le pauvre aveugle et son vieux chien.

LE JOLI PAGE.

Un jeune et joli page
Vit non loin du château,
Fille au gentil corsage
Qui menait son troupeau :
L'agneau sur la coudrette,
En bêlant bondissait ;
En tenant sa houlette ,
Pastourelle chantait : la , la , la , ele.

Ecoute-moi, la belle ,
Fais-moi don de ton cœur ;
Toujours serai fidèle ,
Et ferai ton bonheur.
Couronne ma tendresse ,
L'hymen nous unira.
Fuyant avec vîtesse ,
Le belle lui chanta : la , la , la , ele.

Hélas ! sur la fougère
Elle se laissa choir ,
Et près de la bergère ,
Le page vint s'asseoir.
Tout en grondant le page ,
Elle se releva.
Parlons de mariage ,
Le traître lui chanta : la , la , la , etc.

Durant l'année entière
On ne la rencontra ;
Enfin , dans sa chaumière
Un soir elle rentra.
Bientôt dans le village
On vit un bel enfant
Qui ressemblait au page ,
Et s'en allait chantant : la , la , la , etc.

NOTRE-DAME DE LA GARDE.

Le vent mugit , l'orage gronde ,
La foudre éclate avec fureur ;
L'écueil perfide attend sous l'onde
La frêle barque du pêcheur ,

Et tout tremblant, le pauvre Pierre,
Quand le ciel menace ses jours,
Invoque ainsi dans sa prière
Notre-Dame de Bon-Secours :

    Bonne Mère des matelots,
    Que votre bonté nous garde ;
    Par pitié sauvez-nous des flots,
    Notre-Dame de la Garde,
    Par pitié sauvez-nous des flots.

Si vous daignez calmer l'orage,
J'irai fidèle, tous les ans,
Les pieds nus en pélerinage
Vous apporter quelques présens.
La nuit vient, en vain j'appelle,
Le temps redouble mon effroi :
Hélas ! en la sainte Chapelle,
Vous ne voulez donc rien de moi ?
    Bonne Mère, etc.

Vierge sainte, que dois-je faire ?
La tempête augmente toujours ;
En me sauvant, sauvez ma mère,
Moi seul je soutiens ses vieux jours.

3

Le vent se tait, l'orage cesse,
Le pêcheur échappe à la mort;
Il dit, je tiendrai ma promesse,
Et chante, en arrivant au port :
  Bonne Mère des matelots,
  Oui, votre bonté nous garde;
  Vos enfans sont sauvés des flots,
  Notre-Dame de la Garde,
  Vos enfans sont sauvés des flots.

LA CHATTE.

Air : *La Petite Cendrillon.*

Tu réveilles ta maîtresse,
Minette, par tes longs cris;
Est-ce la faim qui te presse?
Entends-tu quelques souris?
Tu veux fuir de ma chambrette,
Pour courir je ne sais où.
Mia-mia-ou! que veut Minette?
Mia-mia-ou! c'est un matou.

Pour toi je ne puis rien faire,
Cesse de me caresser,

Sur ton mal l'amour m'éclaire :
J'ai quinze ans, j'y dois penser.
Je gémis d'être seulette
En prison sous le verrou.
Mia-mia-ou ! que veut Minette ?
Mia-mia-ou ! c'est un matou.

Si ton ardeur est extrême,
Même ardeur vient me brûler ;
J'ai certain voisin que j'aime,
Et que je n'ose appeler :
Mais pourquoi, sur ma couchette,
Rêver à ce jeune fou ?
Mia-mia-ou ! que veut Minette ?
Mia-mia-ou ! c'est un matou.

C'est toi, chatte libertine,
Qui mets le trouble dans mon sein ;
Dans la mansarde voisine,
Du moins réveille Valsain.
C'est peu qu'il presse en cachette
Et ma main et mon genou.
Mia-mia-ou ! que veut Minette ?
Mia-mia-ou ! c'est un matou.

Mais je vois Valsain paraître !
Par les toits il vient ici,
Vite, ouvrons-lui la fenêtre;
Toi, Minette, passe aussi.
Lorsqu'enfin mon cœur se prête
Aux larcins de ce filou,
Mia-mia-ou! que ma Minette,
Mia-mia-ou! trouve un matou.

CHANSON DE TABLE.

A boire, à boire, à boire,
Versez, amis, versez du vin.
Victoire, victoire,
Mon verre est plein.

Compagnons à faces vermeilles,
Accourez, armés de bouteilles,
Je vous attends le verre en main.
Hélas! hélas! depuis une heure en vain
Je sonne, je sonne le tocsin.
A boire, etc.

Dans mes mains, jamais, je l'espère,
On n'a vu vaciller mon verre;

Et si mon bras est agité,
S'il tremble, s'il tremble, c'est d'anxiété
Qu'on ne verse, qu'on ne verse à côté.

    A boire, etc.

Malgré le goût qui m'environne,
Mon vin écume et bouillonne,
Et par la folie excité,
S'échappe, s'échappe, et répand la gaîté :
Vive, vive la liberté !

    A boire, etc.

Après l'honneur et la richesse,
L'homme court toujours et s'empresse.
Insensés ! où portez-vous vos pas?
Pourquoi, pourquoi vouloir monter,
    hélas !
Quand la cave, quand la cave est en bas ?
    A boire, etc.

LE NOUVEAU RENDEZ-VOUS.

Fermons doucement la fenêtre,
L'horloge va sonner minuit;

Je vois le feuillage du hêtre,
Tremblant pâlir ; la lune fuit.
Ma mère dort, faisons silence ;
Paix, écoutons et taisons-nous.
Abrégeons l'instant de l'absence,
Voici l'heure du rendez-vous.   *bis.*

Prenons le sentier solitaire
Qui conduit au bord du ruisseau ;
C'est là que m'attendra Valère,
Près de l'église du hameau.
Autour de moi tout fait silence ;
Paix, écoutons et taisons-nous.
Profitons du moment de l'absence,
Voici l'heure du rendez-vous.

Il ne vient pas, dois-je l'attendre ?
Hélas ! qui peut le retenir ?
Suis-je donc la seule à comprendre
Ce que l'absence fait souffrir ?
Mais qui peut troubler ce silence ?
Paix, écoutons et taisons-nous.
C'est lui qui vient par sa présence
Charmer l'heure du rendez-vous.

LA MÈRE ET L'AMANT.

CHANSONNETTE.

Ecoute-moi , me dit Lucas ,
J'ai tant de choses à te dire ?
Ma fille , ne l'écoutez pas ;
Croyez l'amitié qui m'inspire.
Ah ! quel trouble vient m'agiter !
A chacun des deux je suis chère :
Lequel , hélas ! dois-je écouter ,
Ou de Lucas ou de ma mère ?

Lucas parle si bien , dit-on ,
Que c'est plaisir que de l'entendre ;
Mais ma mère a tant de raison ,
Et pour moi son cœur est si tendre !
Pour sortir enfin d'embarras ,
Voici , je crois , ce qu'il faut faire :
Ecoutons aujourd'hui Lucas ,
Demain j'écouterai ma mère.
Le même jour , dans la forêt ,

Lise et Lucas se rencontrèrent
Leur entretien est un secret ,
Mais long-temps on dit qu'ils causèrent.
Le lendemain , au fond du cœur ,
Lise cachait quelque mystère ,
Et distraite , le front rêveur ,
Elle n'écoutait plus sa mère.

Mais dans ses yeux roulent des pleurs !
Pauvre Lise ! ton cœur soupire ;
Je vois d'où naissent tes douleurs :
L'ingrat n'a plus rien à te dire.
Le temps calmera ton chagrin ;
Un autre encor voudra te plaire ;
Mais n'attends plus au lendemain ,
Lise , pour écouter ta mère.

LA ROSIÈRE.

Lisette , la fleur du hameau ,
Aussi simple qu'on est au village ,
Trouva le seigneur du château

Qui se reposait sous l'ombrage,
Alors d'un air plein de candeur,
Elle lui fit cette prière :
C'est demain la fête d'honneur,
Monseigneur, faites-moi rosière.

Oui, ma belle enfant, je le veux,
Dit-il, la voyant si jolie :
Mais vient dans mes bras amoureux
Répéter la cérémonie ;
Réponds à mes brûlans désirs.
Ah ! lui répondit la bergère,
J'y consens avec grand plaisir,
Monseigneur, faites-moi rosière.

Lisette, rendait grâce à Dieu
De pouvoir être la plus sage :
Pourtant elle se prête au mieux,
A faire son apprentissage.
Ah ! dit-elle d'une brûlante voix
Dieu, que la leçon sait me plaire !
Ah ! de grâce encore une fois,
Monseigneur, faites-moi rosière.

Le lendemain, sur le gazon,
Devant la foule rassemblée,
Le seigneur proclame son nom,
Et Lisette fut couronnée.
Bientôt la bergère aux abois,
Dit, en dévoilant le mystère,
Ah! comme hier, au fond du bois,
Monseigneur, faites-moi rosière

ESTHER.

ROMANCE.

Champs paternels, heureux séjour,
Je quitterais, pour vous fouler encore,
Le trône où me plaça l'amour,
Et la pourpre qui me décore.
Ni leur éclat, ni ma grandeur,
Ni la couronne de l'Asie,
Ne pourront chasser de mon cœur
Le souvenir de ma patrie.

Ils sont passés ces jours heureux,
Où j'espérais revoir la cité sainte.
Jamais mes pas religieux

Ne doivent toucher son enceinte,
Triste esclave de ma grandeur,
Je te pleure, ô terre chérie !
Rien n'effacera de mon cœur
Le souvenir de ma patrie.

La jeune Esther ainsi chantait :
Assuérus, pour calmer sa tristesse,
Chaque jour près d'elle apportait,
Et ses trésors et sa tendresse.
Il lui parlait de son bonheur ;
Esther écoutait attendrie ;
Mais rien n'effaça de son cœur
Le souvenir de sa patrie.

CHANSON DE TABLE.

Air : *A boire.*

Ensemble, ensemble, ensemble,
Buveurs, buveurs, faisons assaut ;
Qui tremble, qui tremble,
Paiera l'écot.

Sommelier, malgré ton air grave,
Livre-nous la clef de ta cave ;
Celui qui de nous est vaincu,
Donnera (*bis*) la rançon du vin bu.
D'accord (*bis*), c'est convenu.

Ensemble, etc.

Des tonneaux qu'on doit mettre en perce,
Choisissons avant qu'on nous verse,
Bordeaux, Madère et Malaga,
Roussillon (*bis*), Beaune, Chablis, Rota,
Pomard (*bis*), et cæterat.

Ensemble, etc.

Pour imiter le bon Silène,
Il nous faut boire à tasse pleine.
Sablons, amis, ce jus divin,
Le nectar (*bis*) de Bacchus, dieu du vin ;
Répétons (*bis*) ce refrain :

Ensemble, etc.

Amis, je tombe sur la lie,
Qui renonce perd la partie.
Arrêtez-vous, fameux buveurs,

Bacchus (*bis*) vous doit ici tous les honneurs ;
Chantez (*bis*) mes successeurs :
Ensemble, etc.

LA JEUNE FILLE

AU TOMBEAU DE SON FRÈRE.

ROMANCE.

Repose en paix, ô l'ami de mon cœur,
Repose en paix dans cet asile sombre ;
Des cris plaintifs de ma douleur,
Je n'attristerai plus ton ombre.
Léon, ce douloureux séjour,
Ce champ de deuil n'est pas notre patrie :
O mon frère, un si tendre amour
Ne peut finir avec la vie !

Naguère au sein d'un sommeil douloureux,
Je vis un ange au souris plein de charmes ;
C'était l'ange des malheureux,
Car il me dit : Sèches tes larmes,

Tu reverras ton frère un jour,
Dans cet asile où la douleur s'oublie.
Oui, m'écriai-je, un tel amour
Ne peut finir avec la vie !

Je suis si jeune, et j'ai tant à souffrir
Avant ce jour que ma douleur espère !
Les malheureux devraient mourir ;
Ils sont orphelins sur la terre.
Du haut de la céleste cour,
Comme autrefois contemple ton amie,
Et dis-lui qu'un si tendre amour
Ne peut finir avec la vie !

LE VIN ET LA COQUETTE.

Air : *Je vais bientôt quitter l'empire.*

Amis, il est une coquette
Dont je redoute ici les yeux ;
Que sa vanité, qui me guette,
Me trouve toujours plus joyeux.
C'est au vin de rendre impossible

Le triomphe qu'elle espérait.
Ah! cachons bien que mon cœur est sensible,
La coquette en abuserait.

Faut-il qu'elle soit si charmante?
Ah! de mon cœur prenez pitié!
Chantez la liqueur écumante
Que verse en riant l'amitié.
Enlacez le lierre paisible
Sur mon front qui me trahirait :
Ah! cachons bien que mon cœur est sensible,
La coquette en abuserait.

Poursuivons de nos épigrammes
Ce sexe que j'ai trop aimé ;
Achevons d'éteindre les flammes
Du flambeau qui m'a consumé.
Que Bacchus, toujours invincible,
Ote à l'Amour son dernier trait :
Ah! cachons bien que mon cœur est sensible,
La coquette en abuserait.

Mais l'amour pressa-t-il la grappe
D'où nous vient ce jus enivrant?

J'aime encor : mon verre m'échappe,
Je ne ris plus qu'en soupirant.
Pour fuir ce charme irrésistible ,
Trop d'ivresse enchaîne mes pas :
Ah ! vous voyez que mon cœur est sensible ,
Coquette , n'en abusez pas.

LES CHAMPS.

Air : *Mon amour était pour Marie.*

Rose , partons , voici l'aurore ,
Quitte ces oreillers si doux ;
Entends-tu la cloche sonore
Marquer l'heure du rendez-vous ?
Cherchons loin du bruit de la ville ,
Pour le bonheur un sûr asile.
Viens aux champs couler d'heureux jours !
Les champs ont aussi leurs amours.

Viens aux champs fouler la verdure ,
Donne le bras à ton amant ;
Rapprochons-nous de la nature ,
Pour nous aimer plus tendrement.

Des oiseaux la troupe éveillée
Nous appelle sous la feuillée.
Viens aux champs couler d'heureux jours !
Les champs ont aussi leurs amours.

Nous prendrons les goûts du village ;
Le jour naissant t'éveillera :
Le jour mourant sous le feuillage,
A notre couche nous rendra.
Puisses-tu, maîtresse adorée,
Te plaindre encor de sa durée !
Viens aux champs couler d'heureux jours !
Les champs ont aussi leurs amours.

Quand l'été vers un sol fertile
Conduit des moissonneurs nombreux ;
Quand, près d'eux, la glaneuse agile
Cherche l'épi du malheureux,
Combien, sur les gerbes nouvelles,
De baisers pris aux pastourelles !
Viens aux champs couler d'heureux jours !
Les champs ont aussi leurs amours.

Quand des corbeilles de l'automne

S'épanche à flots un doux nectar,
Près de la cuve qui bouillonne,
On voit s'égayer le vieillard,
Et cet oracle du village
Chante les amours d'un autre âge.
Viens aux champs couler d'heureux jours !
Les champs ont aussi leurs amours.

Allons visiter des rivages
Que tu croiras des bords lointains ;
Je verrai, sous d'épais ombrages,
Tes pas devenir incertains.
Le désir cherche un lit de mousse ;
Le monde est loin, l'herbe est si douce !
Viens aux champs couler d'heuremx jours !
Les champs ont aussi leurs amours.

C'en est fait ! adieu, vains spectacles !
Adieu, Paris, où je me plus,
Où les beaux-arts font des miracles,
Où la tendresse n'en fait plus !
Rose, dérobons à l'envie
Le doux secret de notre vie.

Viens aux champs couler d'heureux jours !
Les champs ont aussi leurs amours.

LE PRINTEMPS ET L'AUTOMNE.

Deux saisons règlent toutes choses
Pour qui sait vivre en s'amusant ;
Au printemps nous devons les roses,
A l'automne un jus bienfaisant.
Les jours croissent ; le cœur s'éveille ;
On fait le vin quand ils sont courts :
Au printemps, adieu la bouteille !
En automne, adieu les amours !

Mieux il faudrait unir sans doute
Ces deux penchaus faits pour charmer ;
Mais pour ma santé je redoute
De trop boire et de trop aimer.
Or, la sagesse me conseille
De partager ainsi mes jours :
Au printemps, adieu la bouteille !
En automne, adieu les amours !

Au mois de Mai, j'ai vu Rosette,
Et mon cœur a subi ses lois.
Que de caprices la coquette
M'a fait essuyer en six mois !
Pour lui rendre enfin la pareille ,
J'appelle Octobre à mon secours :
Au printemps, adieu la bouteille !
En automne, adieu les amours !

Je prends, quitte et reprends Adèle,
Sans façons, comme sans regrets.
Au revoir, un jour me dit-elle ;
Elle revint long-temps après.
J'étais à chanter sous la treille :
Ah ! dis-je, l'année a son cours:
Au printemps, adieu la bouteille !
En automne, adieu les amours !

Mais il est une enchanteresse
Qui change à son gré mes plaisirs ;
Du vin elle excite l'ivresse ,
Et maîtrise jusqu'aux désirs.
Pour elle ce n'est pas merveille

De troubler l'ordre de mes jours :
Au printemps, avec la bouteille,
En automne, avec les amours.

LES ADIEUX.

Air connu.

Adieu, je fuis la brillante carrière
Où ma jeunesse autrefois m'emporta ;
Je vais quitter cet habit militaire
Dont le dehors séduisant me trompa.
Je crois entendre un ange tutélaire
Qui me dit : Viens, je vais te rendre heureux.
Je vais revoir mon pays et ma mère,
Et cependant des pleurs mouillent mes
    yeux.   *bis.*

Pour mon pays, dès l'âge le plus tendre,
J'avais juré que je voulais servir :
Que n'ai-je pu, content de le défendre,
Aux champs d'honneur aller vaincre ou
    mourir !

Depuis cinq ans j'attends en vain la guerre ;
Mais la paix m'offre un destin plus heureux.
Je vais revoir, etc.

Dans mes foyers, paisible et solitaire,
Je m'en vais vivre obscur et sans éclat ;
Mais si j'entends la trompette guerrière,
Peut-être un jour serai-je encor soldat.
En attendant cette heureuse chimère ,
Mes bons amis, recevez mes adieux.
Je vais revoir, etc.

Si quelque jour dans mon pauvre village,
L'un d'entre vous vient chercher un abri ,
Qu'il n'aille pas poursuivre son voyage
Sans visiter le manoir d'un ami.
Pour célébrer une époque si chère ,
J'aurai le soin de cacher du vin vieux ;
Puis en trinquant avec un ancien frère,
Des pleurs encor viendront mouiller mes
yeux.

LA VIEILLESSE,

A MES AMIS.

Air de la Pipe de tabac.

Nous verrons le temps qui nous presse
Semer les rides sur nos fronts ;
Quoi qu'il nous reste de jeunesse,
Oui, mes amis, nous vieillirons.
Mais à chaque pas voir renaître
Plus de fleurs qu'on n'en peut cueillir,
Faire un doux emploi de son être,
Mes amis, ce n'est pas vieillir.

En vain nous égayons la vie
Par le champagne et les chansons ;
A table, où le cœur nous convie,
On nous dit que nous vieillissons.
Mais jusqu'à sa dernière aurore,
En buvant frais s'épanouir,
Même en tremblant chanter encore,
Mes amis, ce n'est pas vieillir.

Brûlons-nous pour une coquette
Un encens d'abord accueilli ,
Bientôt peut-être elle répète
Que nous n'avons que trop vieilli.
Mais vivre en tout d'économie ,
Moins prodiguer et mieux jouir ;
D'une amante faire une amie ,
Mes amis, ce n'est pas vieillir.

Si long-temps que l'on entretienne
Le cours heureux des passions ,
Puisqu'il faut qu'enfin l'âge vienne ,
Qu'ensemble au moins nous vieillissions.
Chasser du coin qui nous rassemble
Les maux prêts à nous assaillir ,
Arriver au but tous ensemble ,
Mes amis, ce n'est pas vieillir.

L'HOMME RANGÉ.

Air : *Et, lon lon la, landerirette.*

Maint vieux parent me répète
Que je mange ce que j'ai.

Je veux à cette sornette
Répondre en homme rangé :
  Quand on n'a rien ,
  Landerirette ,
On ne saurait manger son bien.

Faut-il que je m'inquiète
Pour quelques frais superflus ?
Si ma conscience est nette ,
Ma bourse l'est encore plus :
  Quand on n'a rien ,
  Landerirette ,
On ne saurait manger son bien.

Un gourmand dans son assiette
Fond le bien de ses aïeux ;
Mon hôte à crédit me traite ,
J'ai bonne chère et vin vieux :
  Quand on n'a rien ,
  Landerirette ,
On ne saurait manger son bien.

Que Dorval, à la roulette,
A tout son or dise adieu ;

J'y joûrais bien en cachette ;
Mais il faudrait mettre au jeu...
    Quand on n'a rien ,
    Landérirette ,
On ne saurait manger son bien.

Mondor, pour une coquette ,
Se ruine en dons coûteux ;
C'est pour rien que ma Lisette
Me trompe et me rend heureux :
    Quand on n'a rien ,
    Landerirette ,
On ne saurait manger son bien.

PRIÈRE

DE LA MUETTE DE PORTICI.

Saint bienheureux , dont la divine image
De nos enfans protége le berceau ;
Toi qui nous rends la force et le courage,
Toi qui soutiens le pauvre en ses travaux,

Tu nous vois tous

A tes genoux ;

Protége-nous,

Tu nous vois tous

A tes genoux.

Saint bienheureux, dont la divine image,

De nos enfans protége le berceau,

Tu nous vois tous

A tes genoux,

Protége-nous. *bis.*

Fais aujourd'hui pour nous des miracles

nouveaux. *bis.*

LE BON VIEILLARD.

Air: *Contentons-nous d'une simple bouteille.*

Joyeux enfans, vous que Bacchus rassemble,

Par vos chansons vous m'attirez ici.

Je suis bien vieux, mais en vain ma voix

tremble;

Accueillez-moi, j'aime à chanter aussi.

Du temps passé j'apporte des nouvelles;

J'ai bu jadis avec le bon Panard.
Amis du vin, de la gloire et des belles,
Daignez sourire aux chansons d'un vieillard.

De me fêter, eh quoi ! chacune s'empresse,
A ma santé coule un vin généreux.
Ce doux accueil enhardit ma vieillesse,
Je crains toujours d'attrister les heureux.
Que les plaisirs vous couvrent de leurs ailes ;
Avec le temps vous compterez plus tard.
Amis du vin, de la gloire et des belles,
Daignez sourire aux chansons d'un vieillard.

Ainsi que vous j'ai vécu de caresses ;
Vos grand'mamans diraient si je leur plus.
J'eus des châteaux, des amis, des maîtresses ;
Amis, châteaux, maîtresses ne sont plus.
Les souvenirs me sont restés fidèles ;
Aussi parfois je soupire à l'écart.
Amis du vin, de la gloire et des belles,
Daignez sourire aux chansons d'un vieillard.

Dans nos discords j'ai fait plus d'un naufrage,
Sans fuir jamais la France et son doux ciel·

Au peu de vin que m'a laissé l'orage ,
L'orgueil blessé ne mêle point de fiel.
J'ai chanté même aux vendanges nouvelles ,
Sur des côteaux dont j'eus long-temps ma part.
Amis du vin , de la gloire et des belles ,
Daignez sourire aux chansons d'un vieillard.

Vieux compagnon des guerriers d'un autre
    âge ,
Comme Nestor je ne vous parle pas ,
De tous les jours où brilla mon courage,
J'acheterais un jour de vos combats.
Je l'avoûrai, vos palmes immortelles
M'ont rendu cher un nouvel étendard.
Amis du vin , de la gloire et des belles ,
Daignez sourire aux chansons d'un vieillard.

Sur vos vertus , quel avenir se fonde !
Enfans , buvons à mes derniers amours.
La liberté va rajeunir le monde ;
Sur mon tombeau brilleront d'heureux jours.
D'un beau printemps, aimables hirondelles
J'ai pour vous voir différé mon départ.

Amis du vin, de la gloire et des belles,
Daignez sourire aux chansons d'un vieillard.

QU'ELLE EST JOLIE.

Air connu.

Grands dieux, combien elle est jolie
Celle que j'aimerai toujours !
Dans leur douce mélancolie
Ses yeux font rêver aux amours.
Du plus beau souffle de la vie,
A l'animer le ciel se plaît.
Grand dieux, combien elle est jolie !
Et moi je suis, je suis si laid !

Grands dieux, combien elle est jolie !
Elle compte au plus vingt printemps ;
Sa bouche est fraîche épanouie,
Ses cheveux sont blonds et flottans.
Par mille talens embellie,
Seule elle ignore ce qu'elle est.

Grands dieux , combien elle est jolie !
Et moi je suis , je suis si laid !

Grands dieux, combien elle est jolie !
Et cependant j'en suis aimé.
J'ai dû long-temps porter envie
Aux traits dont le sexe est charmé.
Avant qu'elle enchantât ma vie ,
Devant moi l'amour s'envolait.
Grands dieux , combien elle est jolie !
Et moi je suis , je suis si laid !

Grands dieux , combien elle est jolie !
Et pour moi ces feux sont constans ;
La guirlande qu'elle a cueillie
Ceint mon front chauve avant trente ans.
Voiles qui parez mon amie ,
Tombez , mon triomphe est complet.
Grands dieux , combien elle est jolie !
Et moi je suis , je suis si laid !

LA MORT SUBITE.

Air : *Du ballet des Pierrots.*

Mes amis, j'accours au plus vîte,
Car vous ne pardonneriez pas,
A moins, dit-on, de mort subite,
De manquer à ce gai repas.
En vain l'amour qui me lutine,
Pour m'arrêter tente un effort ;
Avec vous il faut que je dîne :
Mes amis, je ne suis pas mort.

Mais bien souvent, quoiqu'heureux d'être,
On meurt sans s'en apercevoir.
Ah ! mon Dieu ! je suis mort peut-être,
C'est ce qu'il est urgent de voir.
Je me tâte comme Sosie ;
Je ris, je mange et je bois fort.
Ay ! je me connais à la vie :
Mes amis, je ne suis pas mort.

Si j'allais, couronné de lierre,
Ici fermer les yeux soudain,
En chantant, remplissez mon verre,
Et de vos mains pressez ma main.
Si Bacchus, dont je suis l'apôtre,
Ne m'inspire un joyeux transport ;
Si ma main ne serre la vôtre,
Adieu, mes amis, je suis mort !

LE RETOUR DANS LA PATRIE.

Air : *Suzon sortant de son village.*

Qu'il va lentement le navire
A qui j'ai confié mon sort !
Au rivage où mon cœur aspire,
Qu'il est lent à trouver un port !
　　France adorée !
　　Douce contrée !
Mes yeux cent fois ont cru te découvrir.
　　Qu'un vent rapide
　　Soudain nous guide

Aux bords sacrés où je reviens mourir.
Mais enfin le matelot crie :
Terre ! terre ! là-bas , voyez !
Ah ! mes maux sont oubliés.
Salut à ma patrie ! (*ter.*)

Oui , voilà les rives de France ;
Oui , voilà le port vaste et sûr ,
Voisin des champs où mon enfance
S'écoula sous un chaume obscur.
    France adorée !
    Douce contrée !
Après vingt ans enfin je te revois ;
    De mon village
    Je vois la plage ,
Je vois fumer la cime de nos toits :
Combien mon âme est attendrie !
Là furent mes premiers amours ,
Là ma mère m'attend toujours.
    Salut à ma patrie !

Loin de mon berceau , jeune encore ,
L'inconstance emporte mes pas ,

Jusqu'au sein des mers où l'aurore
Sourit aux plus riches climats.

    France adorée !

    Douce contrée !

Dieu te devait leurs fécondes chaleurs.

    Toute l'année

    Là brille ornée

De fleurs , de fruits , et de fruits et de fleurs.
Mais là , ma jeunesse flétrie
Rêvait à des climats plus chers ;
Là , je regrettais nos hivers.

    Salut à ma patrie !

J'ai pu me faire une famille ,
Et des trésors m'étaient promis ;
Sous un ciel où le sang pétille,
A mes vœux l'amour fut soumis.

    France adorée !

    Douce contrée !

Que de plaisirs quittés pour te revoir !

    Mais sans jeunesse,

    Mais sans richesse,

Si d'être aimé je dois perdre l'espoir ,

De mes amours, dans la prairie,
Les souvenirs seront présens ;
C'est du soleil pour mes vieux ans.
  Salut à ma patrie !

Poussé chez des peuples sauvages
Qui m'offraient de régner sur eux,
J'ai su défendre leurs rivages
Contre des ennemis nombreux.
  France adorée !
  Douce contrée !
Tes champs alors gémissaient envahis.
  Puissance et gloire,
  Cris de victoire,
Rien n'étouffa la voix de mon pays.
De tout quitter mon cœur me prie :
Je reviens pauvre, mais constant.
Une bêche est là qui m'attend.
  Salut à ma patrie !

Au bruit des transports d'allégresse,
Enfin le navire entre au port.
Dans cette barque où l'on se presse,
Hâtons-nous d'atteindre le bord.

France adorée !

Douce contrée !

Puissent tes fils te revoir ainsi tous !

Enfin j'arrive ,

Et sur la rive

Je rends au ciel , je rends grâce à genoux ;

Je t'embrasse , ô terre chérie !

Dieu ! qu'un exilé doit souffrir !

Moi , désormais , je puis mourir.

Salut à ma patrie ! (*ter.*)

VOUS REVIENDREZ DEMAIN,

OU LES AMOURS DE FLORE.

Air *de la Rose.*

Plus fraîche que l'aurore

Au matin d'un beau jour ,

Ainsi répondait Flore

Aux doux propos d'amour :

Je ne veux laisser prendre

Ni mon cœur , ni ma main ;

5

Je puis encore attendre ,   *bis.*
Vous reviendrez demain.   *bis.*

La coquette bergère
Laisse avec ses beaux ans ,
Fuir la troupe légère
De ses jeunes amans.
Aussi , leur disait-elle ,
Et d'un air de dédain :
Je serai toujours belle ,
Vous reviendrez demain.

Mais les beaux jours se passent ,
Et Flore a moins d'appas ;
Les amours qui se lassent
Ne suivent plus ses pas ;
Alors on lui répète
Cet utile refrain :
Bergère trop coquette ,
Vous reviendrez demain.

JOUISSONS DU TEMPS PRÉSENT.

RONDE DE TABLE.

Air connu.

Nous n'avons qu'un temps à vivre,
Amis, passons-le gaiment :
De tout ce qui peut s'ensuivre
N'ayons jamais aucun tourment.

A quoi sert d'apprendre l'histoire ?
N'est-ce pas la même partout ?
Apprenons seulement à boire ;
Quand on sait bien boire, on sait tout.
  Nous n'avons, etc.

Qu'un tel soit général d'armée,
Que l'Anglais succombe sous lui,
Moi qui suis sans renommée,
Je ne veux vaincre que l'ennui.
  Nous n'avons, etc.

A courir sur la terre et sur l'onde,
On perd trop de temps en chemin
Faisons plutôt tourner le monde,
Par l'effet de ce jus divin.

     Nous n'avons, etc.

Qu'un savant à chercher les planètes
Occupe son plus beau loisir,
Je n'ai pas besoin de lunettes
Pour apercevoir le plaisir.

     Nous n'avons, etc.

Qu'un avide chimiste exhale
Sa fortune en cherchant de l'or,
J'ai ma pierre philosophale
Dans un cœur qui fait mon trésor,

     Nous n'avons, etc.

Au grec, à l'hébreu je renonce,
Ma maîtresse entend le français ;
Sitôt qu'à boire je prononce,
Elle me verse du vin frais.

     Nous n'avons, etc.

LES GRENADIERS.

Air : *T'en souviens-tu.*

Autour de moi quel morne silence,
Quel calme règne en ces glacés déserts !
Où sont-ils donc ces vieux grenadiers de
      France ,
Dont le succès étonna l'univers ?
Ils ne sont plus !... A mes yeux en croirais-je?
De les revoir tout espoir est perdu !
Ils sont là-bas qui dorment sous la neige, *bis.*
Et le tambour ne les réveill'ra plus.   *ter.*

Mais voir chaque jour ces guerriers intré-
      pides ,
Ces vieux soldats n'croyant plus à la mort,
Qui du sommet des vieilles pyramides ,
Sont v'nus tomber sous les glaces du nord ,
Séparé d'eux , sur terre que ferai-je ?
Mes compagnons , mes amis , j'les ai vus...

Ils sont là-bas qui dorment sous la neige ,
Et le tambour ne les réveill'ra plus.

Triste tableau des fléaux de la guerre ,
Hommes et chevaux , tout est anéanti ;
Du sang français est teinte cette terre ;
Mais, grâce au Roi, tous nos maux sont finis.
Ces grenadiers , cet imposant cortége ,
Toujours vainqueurs , ils sont morts in-
 vaincus.
Ils sont là-bas qui dorment sous la neige ,
Et le tambour ne les réveill'ra plus.

AIR DE MASANIELLO.

J'ai bravé sur les flots les périls de la guerre ,
Et vous m'avez ravi le fruit de vingt combats ,
Orgueilleux Espagnols ! mais tremblez , le
 eorsaire ,
Bien qu'il soit désarmé , pourrait vous couler
 bas.

Le monde est ma patrie ,
J'ai fait tous les métiers ,   *bis.*
Jusqu'à l'Astrologie ,
Et mon heureux génie
Quand il le faut défie
Les plus fameux sorciers.
Le monde est ma patrie ,
Par goût , par industrie ,
J'ai fait tous les métiers ,
Et mon heureux génie ,
Quand il le faut défie ,
Les plus fameux sorciers ,
Par goût , par industrie ,
J'ai fait tous les métiers.
Fortune maudite ,
Qu'il faut de mérite
Quand on te poursuit !
Ton caprice irrite ,
Tu suis qui t'évite ,
Trompes qui te suit.
Intriguons sans cesse ,
Et par mon adresse ,
Troublons les esprits :

Vive la discorde !

Pour moi la concorde

Serait sans profit.

Fortune maudite,

Qu'il faut de mérite

Quand on te poursuit.

J'aurais aimé par caractère

Le doux état d'homme de bien ;

Mais j'ai vu par toute la terre,

Que le métier n'en valait rien.

Le monde est ma patrie,

J'ai fait sous les métiers,

Et mon heureux génie

Défie tous les sorciers.

J'aurais aimé par caractère

Le doux état d'homme de bien ;

Mais j'ai vu par toute la terre,

Que le métier n'en valait rien.

Le monde est ma patrie,

J'ai fait tous les métiers,

Et mon heureux génie

Quand il le faut défie

Les plus fameux sorciers.

ROMANCE D'ÉLÉONORE.

Air : *Du voyageur amoureux.*

Fillettes, vous qui savez plaire,
Ecoutez quelle est ma leçon :
Soyez sages, soyez sévères
Aux discours d'un jeune garçon ;
Car l'amour est là qui vous guette,
Et cherche à captiver vos cœurs :
Fuyez, fuyez, jeunes fillettes,　　　*bis.*
Les hommes sont des trompeurs.

A peine avais-je quinze ans d'âge,
Que Lindor a su m'enflammer ;
Par son discours, son doux langage,
Le perfide a su me tromper :
Mais le cruel que je regrette
Rit de voir couler mes pleurs :
Fuyez, fuyez, jeunes fillettes,
Les hommes sont des trompeurs.

Si , pour le prix de ma constance ,
Il me faut pleurer nuit et jour ,
Que de peine , que de souffrance ,
Grand Dieu , me cause notre amour !
O pauvre enfant ! fille chérie ,
Je te presse sur mon cœur ;
Faut-il t'avoir donné la vie
Pour être l'enfant du malheur ?

Cet innocent qui ne respire
Qu'après toi, qu'après ton retour ,
Il me semble l'entendre dire :
Suis-je cause de votre amour ?
Ses petites mains me caressent ,
Et calment un instant ma douleur.
Faut-il , dès ma tendre jeunesse ,
Que tu sois l'enfant du malheur ?

Si j'ai commis une imprudence ,
C'est toi seul qui sus m'y forcer ;
Car je comptais sur ta constance ,
Mais combien tu sus me tromper !
De cet enfant dans le bas âge ,

Rends-toi digne de son bonheur ;
Reviens , reviens , père volage ,
Reviens donc nous rendre ton cœur.

LA PAIX DU COEUR.

Air : *Lorsque dans une tour obscure.*

Lorsque Lubin dans la prairie
Fait entendre son chalumeau ,
J'éprouve une secrète envie
D'y mener paître mon troupeau :
Mais non , Lubin courtise Claire ;
Je dois le fuir pour mon bonheur ;
C'est le moyen , m'a dit ma mère ,
De conserver la paix du cœur.

L'autre matin , dans le bocage ,
Lubin , ce berger si discret ,
De fleurs voulut me faire hommage ,
Je dus refuser son bouquet ;
Mais le soir au corset de Claire ,

Je l'aperçus avec douleur.
Que l'on a de peine , ô ma mère !
A conserver la paix du cœur.

Dimanche encor , M. la France
Nous fit les honneurs du château ;
Lubin , pour m'avoir à la danse ,
Vainement m'ôta son chapeau.
Il fut plus heureux près de Claire ;
Soudain j'eus l'air triste et rêveur.
Combien il en coûte , ô ma mère !
Pour conserver la paix du cœur.

Oui , je le sais , dans le village
On dit , et rien n'est plus certain ,
Que l'on doit faire un mariage...
Ah ! mon Dieu ! si c'était Lubin !
Choisirait-il la jeune Claire ?
Hélas ! quel serait mon malheur ,
En obéissant à ma mère ,
Si je perdais la paix du cœur !

NE PERDONS PAS NOTRE GAITÉ.

Air : *On dit que je suis sans malice.*

Certain jour dans ma folle ivresse ,
Voulant avoir une maîtresse ,
Je fis la cour à la beauté ;
Mais en adorant ma Sylvie ,
L'amour a tourmenté ma vie ,
J'ai perdu toute ma gaîté.

Nina , tendre , aimable et jolie ,
Est à la fois vive , étourdie ,
Son cœur est loin d'être agité.
Voyant Germeuil, elle en raffolle ;
Bientôt son amour la rend folle ,
Nina perd toute sa gaîté.

Jeune fille , vive et piquante ,
Que l'amour jamais ne tourmente ,
Gardez votre simplicité.
Fuyez ce dieu plein d'artifices ,

Il a souvent aux plus novices
Fait perdre toute leur gaîté.

Le laboureur , sage et tranquille ,
Par ses travaux se rend utile ,
Sur son front brille la santé ;
Heureux sous son toit solitaire ,
Aux champs , comme dans sa chaumière ,
Il ne perd jamais sa gaîté.

Lindor , dans son ardeur extrême ,
Voudrait plaire à celle qu'il aime ;
Par la crainte il est tourmenté :
A Philis l'hymen l'engage ;
Mais bientôt , las du mariage ,
Ils perdent tous deux leur gaîté.

L'ATTENTE AU RENDEZ-VOUS.

Air : *C'est l'amour , l'amour.*

Petits oiseaux , sous la feuillée
Redoublez vos accens joyeux :
De fleurs la terre est émaillée ,

Rien ne ternit l'azur des cieux.

Lisette me pardonne ,

Et sur ces verts gazons ,

Je veux d'une couronne

Orner ses cheveux blonds.

Chantez , oiseaux , vos amours ,

La jeunesse

Aime douce ivresse ;

Chantez , oiseaux , vos amours ,

Vite s'écoulent nos beaux jours.

Lisette est l'enfant du village

Où mes yeux virent la clarté :

Vous chantâtes dans ce bocage

Nos sermens de fidélité.

Aux laïs de la ville

J'offris la pourpre et l'or ;

A pardonner facile ,

Lisette m'aime encor.

Chantez , oiseaux , etc.

Dans les airs le vautour s'élance ;

J'ai vu briller ses yeux perçans :

Pauvres oiseaux, faites silence,
Ne chantons pas près des méchans.

 Libres sous la verdure
 Où règnent les zéphyrs,
 D'une existence obscure
 Cachez bien les plaisirs.
Oiseaux, taisez vos amours,
 La jeunessse
 Aime douce ivresse;
Oiseaux, taisez vos amours,
Vite s'écoulent nos beaux jours.

Si notre vie est passagère
Comme l'eau pure des ruisseaux,
Bientôt de votre aile légère
Vous effleurerez nos tombeaux.

 Voyageurs, dans la vie
 Il faut nous aider tous :
 Chantez pour mon amie,
 Je veillerai pour vous.
Chantez, oiseaux, etc.

Elle paraît sur la colline;
L'amour vers moi guide ses pas :

Sur son chemin la fleur s'incline
Pour baiser ses pieds délicats.
    Doux rayon de l'aurore
    Qui réjouit les cieux,
    Rose qui vient d'éclore
    Plairaient moins à mes yeux.
Chantez, oiseaux, vos amours, etc.

BACCHUS ET L'AMOUR.

Air : *Venez à mon secours.*

Consolateur du genre humain,
Vous que tout l'univers adore,
Que chacun, le verre à la main,
En votre honneur entonne encore :
Amis, en ce riant séjour,
Chantons Bacchus ! chantons l'Amour !

Que sert-il de se consumer
Pour acquérir un peu de gloire ?
Le seul vrai bonheur, c'est d'aimer,

Le seul vrai plaisir, c'est de boire.
Amis, en ce riant séjour,
Chantons Bacchus ! chantons l'Amour !

Belles, que ce nectar divin
N'éprouve de vous aucun blâme !
Car bien souvent, c'est dans le vin
Que Cupidon puise sa flamme.
Amis, en ce riant séjour,
Chanton Bacchus, chantons l'Amour !

LA GUÉRISON.

Air *de l'Artiste.*

Il est pour les migraines,
Comme pour chaque mal,
Ces recettes certaines
D'un effet général :
A tous ceux qui soupirent,
Aux grands comme aux petits,
Donnez ce qu'ils désirent,
Et les voilà guéris.   *bis.*

Voyez ce pauvre diable
Qui vient de s'enrichir ;
Soudain l'ennui l'accable ,
Adieu gaîté , plaisir :
Son âme est dure et fière....
Ah ! par bonté pour lui ,
Rendez-lui sa misère ,
Et le voilà guéri.

Maint amant , c'est l'usage ,
Languit la nuit , le jour ;
Avant le mariage ,
S'il meurt déjà d'amour ,
Impossible qu'il vive ;
Quand il sera mari....
Eh bien , l'hymen arrive ,
Et le voilà guéri.

Les grenadiers de France
Se passent du docteur ,
Et jamais la souffrance
N'enchaîne leur valeur ;
S'ils furent par Bellonne

Blessés pour leur pays,
Que la trompette sonne,
Et les voilà guéris.

Un oncle que j'honore
Avait, pour son malheur,
La fièvre... et, plus encore,
Il avait un docteur :
Déjà s'ouvrait sa tombe,
Quand soudain, dieu merci,
Son médecin succombe,
Et le voilà guéri.

TABLE.

FIN DE LA TABLE.

www.ingramcontent.com/pod-product-compliance
Lightning Source LLC
Chambersburg PA
CBHW060432260626
47161CB00005B/1892